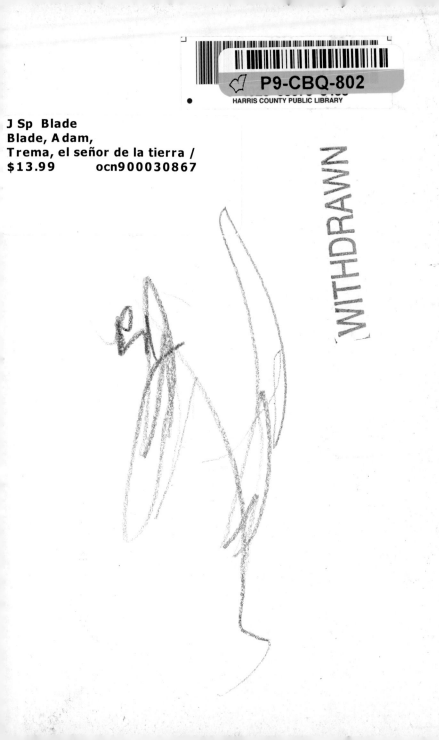

Un agradecimiento especial a Cherith Baldry.

Para Charlie Andrew Mills.

DESTINO INFANTIL Y JUVENIL, 2014
infoinfantilyjuvenil@planeta.es
www.planetadelibrosinfantilyjuvenil.com
www.planetadelibros.com
Editado por Editorial Planeta, S. A.

© de la traducción: Macarena Salas, 2014

Título original: *Trema The Earth Lord*
© del texto: Working Partners Limited 2009
© de la ilustración de cubierta e ilustraciones interiores:
Steve Sims - Orchard Books 2009
© Editorial Planeta, S. A., 2014
Avda. Diagonal, 662-664, 08034 Barcelona
Primera edición: julio de 2014
ISBN: 978-84-08-12842-7
Depósito legal: B. 12.844-2014
Impreso por Liberdúplex, S. L.
Impreso en España – Printed in Spain

El papel utilizado para la impresión de este libro es cien por cien libre de
cloro y está calificado como **papel ecológico**.

TREMA,
EL SEÑOR DE LA TIERRA

ADAM BLADE

EL PALACIO DE HIELO
LA CUEVA CRECIENTE
FREESHOR
EL VALLE DE GWILDOR
LA JUNGLA ARCOÍRIS

Gwildor

MAR DE GWILDOR

RAS
TIVO

PUEBLO
PESQUERO

Bienvenido a un nuevo mundo...

¿Pensabas que ya habías conocido la verdadera maldad? ¡Eres tan iluso como Tom! Puede que haya vencido al Brujo Malvel, pero le esperan nuevos retos. Debe viajar muy lejos y dejar atrás todo lo que conoce y ama. ¿Por qué? Porque tendrá que enfrentarse a seis Fieras en un reino en el que nunca había estado antes.

¿Estará dispuesto a hacerlo o decidirá no arriesgarse con esta nueva misión? Él no se imagina que en este lugar viven personas a las que lo unen varios lazos y un nuevo enemigo dispuesto a acabar con él. ¿Sabes quién puede ser ese enemigo?

Sigue leyendo para saber qué va a pasar con tu héroe...

Velmal

PRÓLOGO

La luna llena emitía una luz fría sobre el valle de Gwildor. Un viento helado movía la hierba y las hojas.

Bajo la débil luz, la silueta oscura de un hombre se escabullía entre las sombras. Tenía el pelo y la barba desarreglados; llevaba unos pantalones toscos de lana y un justillo atado a la cintura con una cuerda en el que guardaba una pala. Se asomó furtivamente como si temiera que alguien lo estuviera siguiendo.

Por fin, el hombre se detuvo en un lugar donde asomaban unas piedras afiladas en la hierba.

—Este sitio está bien —murmuró volviendo a mirar a su alrededor. Soltó una risa ronca—. Eres un tipo listo, Ally

—masculló para sus adentros—. Y pronto serás rico.

Ally sacó la pala y empezó a cavar, al principio lentamente y después con más energía mientras el sudor le pegaba el pelo a la frente y unas manchas oscuras se extendían por su túnica. Echaba la tierra a un lado mientras cavaba más profundamente en la tierra.

Al apoyarse en la pala, su justillo se abrió y cayó un rollo de cuero fino al suelo. Mascullando un insulto, Ally tiró la pala a un lado y cogió el rollo. Empezó a meterlo otra vez en el justillo, pero se detuvo.

—Mi tesoro será incluso más bonito bajo la luz de la luna —murmuró.

Sonriendo para sí mismo, Ally desenrolló el cuero dejando al descubierto unas pequeñas calaveras de plata colgadas de una cadena. Las sujetó en alto para apreciar su brillo bajo la luz de la luna.

—Ahora eres mío. ¡Seguro que tu antiguo dueño nunca te echará de menos! —dijo riendo.

La sonrisa de Ally se desvaneció al sentir un frío helado que lo rodeaba. Miró nerviosamente a su alrededor. Sólo podía ver la llanura vacía y algunas vacas pastando a lo lejos, pero era incapaz de quitarse esa sensación de que alguien lo observaba.

—No puedo arriesgarme —se prometió—. Enterraré aquí mi tesoro hasta que pueda recuperarlo sin levantar sospechas y quedármelo.

Con mucho cuidado, puso las calaveras de plata robadas dentro del rollo de cuero y las colocó al lado del agujero. Después siguió cavando con la pala, hundiéndose cada vez más en el escondite que estaba haciendo.

De pronto, la tierra que había bajo su pala pareció inclinarse, y desde el centro del agujero se abrieron unas grietas en zigzag. Ally notó que el suelo se movía por debajo de sus pies. De pronto, saltó un montón de tierra por los aires. Ally soltó un grito de terror mientras caía al suelo.

El corazón casi se le para. Jadeando, se apoyó en los codos para subir. En su cara se dibujó una mirada de pánico al ver lo que estaba pasando.

Tenía los ojos abiertos del horror. Tropezó hacia atrás, gritando, mientras la inmensa criatura babosa salía del agujero. Una hilera de joyas verdes brillaba sobre su cabeza bajo el cielo estrellado.

La criatura abrió la boca y lanzó un rugido victorioso. Sus decenas de filas de dientes afilados como navajas brillaban bajo la luz de la luna. El monstruo sacó el resto del cuerpo del agujero y saltó hacia su víctima. Ally oyó el repugnante sonido que hacía al sorber las babas mientras se alzaba sobre él. Su largo cuerpo era musculoso y sus garras arañaban el suelo.

El ladrón lanzó otro grito de terror. Consiguió ponerse de pie y coger el rollo de cuero, pero al intentar huir, un

chorro de babas se enrolló en sus tobillos. Las babas resbalaban por sus pies y brillaban con la luz de las joyas verdes que el monstruo tenía en la cabeza. Ally intentó recuperar el equilibrio, pero le resbalaron los pies y se cayó. Las babas lo envolvieron y tiraron de él hacia la tierra.

Luchando desesperadamente, Ally se dio la vuelta. La inmensa criatura se alzaba sobre él. Abrió su enorme boca y empezó a descender. Ally soltó un grito ahogado mientras la luz de la luna desaparecía.

Su carrera de ladrón había llegado a su fin...

CAPÍTULO UNO

UNA NUEVA FIERA

Tom y Elena bajaban a lomos de *Tormenta* por el camino de la montaña. Aunque habían dejado atrás los campos nevados y ahora las colinas estaban cubiertas de brezos y arbustos, todavía quedaban restos de nieve y hielo en algunas partes.

Tom iba detrás de Elena. Su mano herida todavía le dolía mucho y no podía sujetar las riendas para guiar al caballo entre las peligrosas placas de hielo. De momento habían liberado a cuatro Fieras de Gwildor del maleficio del diabólico brujo Velmal. La primera Fiera, *Krab*, había herido a Tom con sus pinzas gigantes, y desde entonces, el veneno verde se había extendido por toda la mano. Pero Tom no podía permitir que eso lo detuviera, y él y Elena habían conseguido liberar a *Halkon*, a *Rok* y a *Koldo*.

Intentaba no pensar en la amenaza de Velmal después de su batalla con *Koldo*, el guerrero del Ártico.

«Vuestra siguiente Búsqueda será la última —había dicho Velmal—. Ninguno de vosotros saldrá con vida de Gwildor.»

Se enderezó y apoyó la mano en la empuñadura de su espada. «Mientras la sangre corra por mis venas, lucharé contra Velmal.»

Elena miró hacia atrás con un brillo en los ojos.

—¿Estás listo para el siguiente reto? —preguntó como si hubiera adivinado lo que estaba pensando su amigo.

—Por supuesto —sonrió Tom. «A lo mejor también consigo liberar a Freya», pensó para sí mismo. «Debo liberarla de la maldad de Velmal.»

Tom sentía una extraña conexión con Freya, la Maestra de las Fieras, pero no sabía por qué. El maleficio de Velmal la había convertido en un ser tan vil como el propio brujo oscuro.

El sol brillaba con fuerza desde un cielo azul pálido. Sus deslumbrantes rayos se reflejaban en una placa de hielo, y Tom y Elena tenían que entrecerrar los ojos por el brillo cegador.

—Aquí en Gwildor todo es mucho más brillante que en nuestro reino de Avantia —dijo Elena—. Hasta *Plata* tiene que vigilar por dónde pisa.

El brillo le hacía llorar a Tom y tuvo que parpadear para ver al lobo andando por delante, con el hocico levantado y alerta mientras olfateaba el camino. Levantó una mano para frotarse los ojos y reprimió un grito de dolor cuando sus lágrimas saladas tocaron la herida venenosa. Tom agradeció que Elena no se diera cuenta de lo mal que estaba. De momento.

«No puedo permitir que nada me detenga en mi Búsqueda —pensó—. Ni siquiera mi mano herida.»

Gradualmente, el camino se hizo menos empinado y dio lugar a unos amplios pastizales. Un viento cálido y suave recibió a Tom y a Elena a medida que las llanuras de Gwildor se extendían delante de ellos. La alta hierba brillaba con un color dorado y bailaba con la brisa como si fueran olas del mar.

Elena se bajó de la montura de *Tormenta*.

—¡Es precioso!

—Sí, es realmente bonito —dijo Tom desmontando y poniéndose al lado de su amiga—. Pero no nos podemos quedar aquí todo el día. Debemos encontrar a la siguiente Fiera y la recompensa que nos ayudará a liberarla.

Elena asintió con una expresión de determinación en la cara.

—Tienes razón. No hay tiempo que perder.

Tom sacó el Amuleto de Avantia que

tenía colgado al cuello y le dio la vuelta para revelar el mapa de Gwildor tallado en el metal. Con Elena mirando por encima de su hombro, observó cómo se formaba un camino en el mapa.

—Qué raro —dijo frunciendo el ceño—. Normalmente aparecen dos caminos.

—Eso seguramente significa que la recompensa y la Fiera están muy cerca —murmuró Elena.

Tom examinó el amuleto más detenidamente. Una sensación de inseguridad le recorrió la espalda al ver que al final del camino aparecía el nombre de la Fiera.

—*Trema*... —murmuró. «Me pregunto cómo serás...»

Miró hacia la llanura en la dirección que indicaba el mapa. Se cubrió los ojos con una mano e intentó ver bajo la brillante luz del sol. En ese momento le habría gustado seguir teniendo el poder de supervisión que había ganado al recuperar la armadura dorada de Avantia.

—Parece que allí hay unas casas —dijo—. Me sorprendería que Velmal dejara que nos acercáramos a la gente. Sobre todo después de liberar a la Fiera que habían capturado los ciudadanos del pueblo y conseguir que volviera a ser buena. ¡Ése no era el plan de Velmal!

Elena se rio.

—Desde luego. Seguro que no quiere que la gente sepa que hay un héroe en su reino.

Tom no podía compartir su risa. Su preocupación se hacía más grande al pensar lo que les esperaba en el valle. Ésa podría ser la misión más peligrosa hasta ahora.

«Pero no nos vamos a rendir —se dijo a sí mismo—. Juntos, nos enfrentaremos a cualquier peligro.»

Tom miró el mapa por última vez y se volvió a colgar el amuleto al cuello.

—Tenemos que ir a donde nos dice el mapa —dijo—. ¡No hay tiempo que perder!

CAPÍTULO DOS

UN LABERINTO EN EL VALLE

Ahora que Tom y Elena habían dejado atrás el camino empinado de la montaña, su viaje resultaba más fácil. Tom volvía a llevar las riendas de *Tormenta* y Elena iba detrás.

—¡Este reino es precioso! —exclamó la muchacha observando las colinas redondeadas—. Es difícil creer que aquí vive alguien incluso más perverso que Malvel.

—Estoy de acuerdo —asintió Tom. Sintió un escalofrío a pesar del calor del sol y la brisa cálida. Ya habían completado cuatro Búsquedas en ese reino, pero todavía quedaban por recuperar dos recompensas, y sabía que la maldad de Velmal los esperaba.

Después de un rato, Tom vio unas vacas en la distancia. Se mantenían alejadas de ellos aunque levantaban la cabeza al verlos pasar. Movían la mandíbula de un lado a otro mientras rumiaban la hierba.

Plata soltó un ladrido juguetón mientras corría por delante moviendo la cola. Las vacas se alejaron de él, aunque el lobo en realidad no las estaba persiguiendo.

—Sabe que no debe acercarse al ganado —dijo Elena—, pero no puede evitar divertirse.

Tormenta ignoraba a las vacas por

completo y trotaba obedientemente por el camino. Tom se echó hacia delante para acariciar su brillante cuello negro. «*Tormenta* nunca se desconcentra en la Búsqueda.»

Poco a poco fueron apareciendo más vacas, hasta que Tom y Elena se encontraron en medio de un rebaño. Elena llamó a *Plata* para que fuera al lado del caballo.

Tom examinó a las vacas que pastaban plácidamente, apartándose perezosamente las moscas con la cola.

—¿No es un poco raro? —le dijo a Elena—. Sabemos que por aquí cerca anda una Fiera, pero las vacas no parecen estar asustadas.

Oyó a su amiga respirar detrás de él.

—¡Es verdad! —exclamó—. Ningún animal parece asustado ni preocupado por nada.

—En todas nuestras Búsquedas hemos visto que a los animales no les gusta estar cerca de las Fieras —añadió Tom moviendo la cabeza confundido. Levantó el amuleto y volvió a mirar al mapa de la parte de atrás—. Vamos en la dirección correcta —dijo— y la Fiera no puede estar muy lejos.

—¿Será una Fiera que puede cambiar de forma? —sugirió Elena.

—Eso o es invisible. —Tom volvió a observar el ganado con los ojos entrecerrados. No le gustaba la idea de que la Fiera los estuviera observando sin que ellos la vieran—. Sólo hay una manera de averiguarlo —dijo enderezando los hombros—. ¡Debemos continuar!

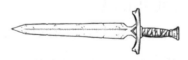

Mientras seguían avanzando, Tom distinguió las casas de una granja y un pueblo un poco más allá.

—Ya casi hemos llegado. Vamos a descansar y volveremos a consultar el mapa antes de continuar.

Saltó de la montura, pero al caer al suelo, tropezó y tuvo que poner las manos por delante para detener la caída. Sintió mucho dolor en la mano herida. Pegó un grito y la retiró para protegerla contra su pecho. La cabeza le daba vueltas del dolor.

—¿Tom? —preguntó Elena con ansiedad. Saltó a su lado y, con mucho cuidado, le alejó la mano del cuerpo—. Tom —exclamó—. ¡No me habías dicho que estaba tan mal!

Él observó su mano. Había intentado ignorarla y esconderla bajo su justillo, pero ahora veía que estaba muy hinchada y que le subían unas líneas rojas por el brazo. La cicatriz donde *Krab* le había clavado la pinza morada y la piel de alrededor se empezaban a desprender.

—¿Te queda alguna hierba curativa? —le preguntó a Elena con la voz débil y temblando del esfuerzo por mantener la mano en alto.

Elena rebuscó en su bolsa, que estaba atada a la silla de *Tormenta*. Se volvió y negó con la cabeza.

—Lo siento, las usamos todas, Tom.

El chico sentía que las piernas se le debilitaban. Se dejó caer en el suelo apoyándose en *Plata*, que intentó sujetar su peso mientras aullaba ansioso. Oyó que *Tormenta* pateaba con los cascos en la hierba y relinchaba preocupado.

«No puedo abandonar ahora —pensó desesperadamente—. Tengo que enfrentarme a la Fiera.» Pero su cuerpo no le respondió al intentar volver a ponerse de pie.

Elena decidió subir al lomo de *Tormenta*.

—Voy a buscar ayuda —dijo—. Volveré tan pronto como pueda.

—No, Elena —gruñó Tom—. Te necesito aquí.

El dolor lo rodeaba como si fuera una nube oscura mientras intentaba no perder el conocimiento. Tenía la vista borrosa, pero consiguió ver a Elena, que lo miraba desde arriba con cara de preocupación.

«Estaré bien», le quería decir Tom, pero no podía hablar.

Quería descansar en la oscuridad que lo rodeaba, libre de dolor, pero sabía que si se quedaba dormido ahora, todo habría terminado.

Se forzó a mantener los ojos abiertos.

«Debo. Seguir. Despierto.»

Entonces vio que Elena levantaba las manos hacia el cielo.

—¡Aduro, necesitamos tu ayuda! —gritó desesperadamente.

El aire brilló. Tom aguantó la respiración, con nuevas esperanzas. Acudiría realmente el brujo bueno de Avantia para ayudarlos?

Un brillo morado apareció en el aire. Una figura alta e imponente se empezó a formar delante de los dos amigos. Tom observó aturdido el pelo largo y rojo como las llamas, la túnica que se movía en el aire, la nariz aguileña y la expresión de burla mientras la figura sujetaba un bastón con una cabeza de dos hachas en la mano.

«¡No puede ser! ¡Tengo que estar soñando!»

Pero el grito de terror de Elena le indicó a Tom que no era una visión. Era real.

¡Velmal había aparecido ante ellos!

CAPÍTULO TRES

EL ACERTIJO
DE VELMAL

Tom miró a Velmal a través de la bruma de dolor que lo rodeaba y se encontró con su mirada fría y burlona. Elena se puso al lado de su amigo y miró al brujo malvado con una expresión desafiante y rabiosa.

—¿Qué quieres, Velmal? —exigió—. Eres un cobarde por aparecer ahora que Tom no puede defenderse.

El brujo soltó un gruñido de orgullo.

—No es que se esté muriendo... —se burló clavando su fría mirada en Tom—. Aunque no estaría nada mal.

—Dime cómo puedo ayudarle —exigió Elena.

Tom no pensaba que su amiga esperase realmente una respuesta de Velmal. El brujo sonrió levemente y habló.

—*Ichor Demater, Demater ichor:* el rojo al rojo, y vida a la muerte.

—¡¿Eso qué quiere decir?! —gritó Elena.

El malvado brujo siguió repitiendo sus misteriosas palabras, elevando la voz como si fuera un cántico. Echó la cabeza hacia atrás y levantó los brazos en el aire, moviendo su bastón.

Tom se quedó impresionado al ver cómo alrededor de los pies de Velmal salía fuego. Las llamas lamían su túnica pero no la quemaban. El humo envolvió al brujo y su imagen desapareció lentamente. El brillo morado se desvaneció. El acertijo de Velmal volvió a repetirse en el aire y, después, también se esfumó.

Ya no quedaba nada de Velmal, excepto unas humeantes brasas de carbón. Inmediatamente, Elena corrió hacia *Tormenta* y cogió la alforja de agua que colgaba de su montura.

Tom gimió de dolor mientras veía cómo su amiga echaba unas gotas de su valiosa agua en el carbón y lo mezclaba hasta hacer una pasta.

—¿Qué haces? —preguntó.

Elena cogió un poco de la pasta y la presionó contra la herida envenenada de Tom.

—Velmal no quería ayudarnos, pero lo ha hecho —explicó—. Uno de mis tíos me enseñó este truco una vez que me ortigué. ¡El carbón ayuda a sacar el veneno!

El humo del carbón se le metió a Tom por la nariz. Notó que sus sentidos se despertaban y que el dolor de la mano se iba calmando. Fue cerrando los párpados. Se dejó caer en el agotamiento que lo invadía. Lo último que vio fue la cara de ansiedad de Elena mirándolo. Después se vio rodeado de oscuridad...

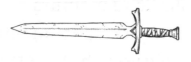

Tom abrió los ojos y vio una neblina que se levantaba por la llanura. La luz gris del amanecer lo rodeaba. Elena lo había tapado con una manta y había puesto una alforja debajo de su cabeza.

A su lado dormía su amiga, envuelta en otra manta, con *Plata* acurrucado cerca de ella. Medio escondido entre la neblina, estaba *Tormenta* pastando la hierba. Sus resoplidos de satisfacción sonaban en el aire frío de la mañana.

Se incorporó y vio que Elena le había cubierto la cataplasma de carbón con un vendaje. Ya apenas le dolía la mano. Se quitó el vendaje con mucho cuidado y vio que su herida tenía mucho mejor

aspecto. Ya no estaba inflamada y las líneas rojas habían desaparecido. La piel parecía estar cicatrizando.

Se sintió tremendamente aliviado. Se puso de pie y *Plata* se despertó, movió la

cabeza y ladró para saludarlo. Eso fue suficiente para despertar a Elena. En cuanto su amiga vio a Tom, se levantó y examinó su mano herida.

—¡El carbón ha funcionado! —exclamó rodeándolo con los brazos.

Tom sonrió y se apartó delicadamente.

—¿Qué haría sin ti? —preguntó—. Me acabas de salvar la vida. Muchas gracias. ¡Ojalá le pudiera dar las gracias también a tu tío!

—Me alegra que estés bien —dijo Elena con un rubor en las mejillas—. He guardado el resto del carbón por si tu mano empeora.

—Buena idea. —Tom de pronto recordó el dolor y la confusión de la noche anterior. Volvió a ver en su mente la imagen de Velmal, con los brazos levantados hacia el cielo, recitando aquellas palabras que no parecían tener ningún sentido—. ¿He soñado que vino

Velmal y recitó un acertijo? —preguntó—. ¿O pasó de verdad?

La sonrisa de Elena desapareció.

—Sí, ocurrió de verdad.

—¿Recuerdas lo que dijo?

Elena frunció el ceño pensativa y después recitó:

—*Ichor Demater, Demater ichor:* el rojo al rojo, y vida a la muerte.

—*Ichor Demater...* Me pregunto qué querrá decir —dijo Tom.

—No tengo ni idea —contestó Elena moviendo la cabeza confundida.

El chico se quedó quieto durante un momento, repitiendo las palabras en la cabeza. Después intentó apartarlas de la mente.

—Seguro que Velmal no nos dijo eso para ayudarnos —le dijo a Elena—. Vamos. Tenemos que seguir con nuestra Búsqueda.

Plata soltó un aullido de aprobación y

corrió unos metros hacia el pueblo como si quisiera decirles a los dos amigos que se dieran prisa.

—*Plata* tiene razón —dijo Tom mientras Elena enrollaba las mantas y las ataba a la montura de *Tormenta*—. El mapa nos lleva hacia ese asentamiento. ¡Allí es adonde debemos ir!

CAPÍTULO CUATRO
UN TRATO DIFÍCIL

Tom y Elena dirigieron a *Tormenta* por un camino de barro hasta llegar a la plaza del pueblo. A un lado de la plaza había una tienda que vendía ollas, sartenes, escobas y lanzas de caza expuestas en el escaparate. Mientras Tom observaba los diversos artilugios, el tendero salió, puso un montón de cuencos de barro cerca de la puerta y volvió a meterse.

Al otro lado de la plaza, los mercaderes disponían sus mercancías en los puestos. Había cajas llenas de fruta, cuencos de cobre y acero pulido, y fardos de lana y lino con los llamativos colores de Gwildor. Los primeros compradores del día llegaban a la plaza cargados

con cestas para meter sus compras y se saludaban alegremente unos a otros.

Elena le tiró a Tom de la manga.

—¡Mira! Ahí hay un puesto de pan. ¡Estoy muerta de hambre!

—Yo también —dijo Tom. El delicioso aroma de pan recién horneado le hizo sentir más hambre todavía—. Pero no tenemos dinero.

Elena se acercó al puesto y el pan caliente le hizo la boca agua. El tendero estaba ordenando las hogazas de pan en unas bandejas y Tom notó que tenía quemaduras rojas y de muy mal aspecto en las manos.

—Parece que ha tenido un accidente con el horno —le murmuró a Elena.

—Sí —dijo Elena, y de pronto, le brillaron los ojos—. ¡Sé exactamente lo que tengo que hacer!

Tom observó cómo su amiga se acercaba al tendero. Conociéndola, seguro que tenía un buen plan en la cabeza.

—Buenos días —dijo Elena al llegar al puesto—. Vaya quemadura más grande tiene.

El hombre se miró la mano.

—Ya. Fue culpa mía. Esta mañana no tuve cuidado al sacar el pan del horno.

—Tengo una cataplasma de carbón que lo podría ayudar —sugirió Elena—. Se la ofrezco a cambio de una barra de pan.

El panadero sonrió.

—Ése sería el mejor trato del día.

Elena regresó hasta donde estaba *Tormenta* y cogió un poco de la pasta de carbón. Se la aplicó al tendero en la quemadura y él hombre le dio un pañuelo para que la cubriera.

—Me siento mucho mejor —dijo el tendero—. Miles de gracias, jovencita. Aquí tienes tu pan.

Eligió la hogaza más grande y se la ofreció a Elena.

—Gracias a usted. —Elena llevó la hogaza hasta Tom—. Toma, el desayuno.

—¡Buen trabajo! —dijo éste con admiración—. A mí nunca se me habría ocurrido.

Elena partió el pan en tres trozos. Le dio uno a Tom y otro a *Plata*. El lobo aulló agradecido, mientras que *Tormenta* movía las riendas al bajar la cabeza para pastar un poco de hierba de la plaza.

—¡Está riquísimo! —masculló Tom mientras le daba bocados al pan caliente.

—No es lo mejor que hemos comido en nuestra vida —dijo Elena tragando—, pero de momento no está mal.

Mientras Tom masticaba, miró la tienda de abalorios que había al otro lado de la plaza. Algo en la tienda lo atraía. Decidió consultar el amuleto y vio una línea que señalaba en esa dirección.

—Creo que ahí está la siguiente recompensa —le susurró a Elena señalando la tienda.

Cruzó la plaza con *Tormenta*. Elena lo siguió con *Plata* en los talones. Tom ató a *Tormenta* a un poste que había fuera de la tienda.

—Quédate aquí, *Plata* —le ordenó Elena a su mascota—. No tardaremos.

El lobo se tumbó en el suelo al lado de los cascos del caballo y reposó la cabeza en las patas.

Tom empujó la puerta de la tienda y apartó una telaraña que colgaba del marco. El lugar estaba mal iluminado, y el suelo, cubierto de una gruesa capa de polvo. El tendero descansaba sobre un taburete en el fondo, mientras miraba un libro de tapas de cuero. Era un anciano encogido, con el pelo blanco y una barba rala. Cuando los dos amigos entraron, levantó la vista y los observó por encima de sus gafas de media luna, pero no dijo nada. Un momento más tarde, volvió a su lectura.

Tom y Elena echaron un vistazo por la tienda mientras el tendero seguía igno-

rándolos. Tom se preguntaba cuál sería
la nueva recompensa. Vio una cabeza
de toro disecada en la pared; de sus
cuernos colgaba un hilo de pesca con

anzuelos. Después cogió un cuenco de plata deslustrada, pero lo volvió a dejar en su sitio.

«Seguro que cuando encuentre la recompensa, notaré algo que me diga que efectivamente es eso.»

Elena le daba la vuelta a unas baratijas medio rotas que había en una cesta. Mientras las examinaba y las volvía a meter en la cesta, en su cara se dibujaba una expresión de duda.

Tom se adentró más en la tienda, entre baúles y vitrinas polvorientas. A lo mejor se había equivocado al pensar que la recompensa estaba escondida en aquella tienda tan sucia.

—Vámonos —le dijo a Elena—. Aquí no hay nada.

Cuando se volvieron hacia la puerta, Tom vio que encima de una vitrina había un espejo de mano entre bufandas viejas y cinturones. En la parte de atrás del espejo había unas piedras brillantes incrustadas que emitían una débil luz.

Tom miró a Elena. Ella también lo estaba observando.

—¿Crees que eso puede ser la recompensa? —preguntó su amiga en voz baja.

El muchacho cruzó la tienda y cogió el espejo de la vitrina. En cuanto lo hizo, notó una sensación de energía que le recorría el brazo.

—¡Sí, es esto! —le susurró a Elena—. Es la recompensa que estábamos buscando.

—¿Y cómo vamos a pagarlo? —preguntó Elena, ansiosa—. No creo que esta vez nos sirva la cataplasma de carbón.

—No lo sé —contestó Tom—, pero tengo que conseguirlo —susurró para sus adentros—. Y no podemos decirle al tendero por qué. ¡Espero que hoy se sienta generoso!

Tom se acercó vacilante al tendero con el espejo en la mano.

—Buenas... me gustaría tomar esto prestado —empezó a decir.

El tendero levantó la vista de su libro.

Antes de que dijera ni media palabra, Tom notó que en su cara se empezaba a dibujar una risa burlona.

—¿Prestado? —dijo el tendero—. ¿Acaso crees que podría mantener mi negocio si me dedicara a prestar mi inventario al primer mocoso que pisa mi tienda?

—Si quiere le puedo dar esto a cambio —dijo rápidamente Elena acercándose y ofreciéndole su carcaj con flechas.

Tom miró a Elena sin dar crédito a sus ojos. «No me puedo creer que le esté ofreciendo sus flechas —pensó—. Elena nunca se ha separado de sus armas.»

—El caballo o nada —dijo el tendero mirando a *Tormenta* a través del escaparate—. Mide catorce palmos de altura. Si no regresas, seguro que me darían bastante por él.

Tom no quería apartarse de su leal compañero, pero miró a través del escaparate y vio a *Tormenta* esperando pacientemente. Sabía que su caballo siempre haría lo que él le pidiera para ayudar en la Búsqueda. ¿Estaría dispuesto a ayudarlo ahora?

—Está bien, si ésa es mi única opción —dijo el chico lentamente. Alargó la mano y se la estrechó al tendero.

—Quiero el espejo de vuelta en cuanto la luna se asome en el cielo. Si no lo haces, me quedaré con el caballo para siempre —dijo el tendero.

A Tom no le gustaba el trato, pero ¿qué alternativa le quedaba? En ese momento se dio cuenta de lo mucho que significaba para él esa Búsqueda. Tanto que estaba dispuesto a arriesgarse a perder a *Tormenta*.

CAPÍTULO CINCO

PLATA EN PELIGRO

El tendero acompañó a Tom y a Elena hasta el exterior. Se acercó a *Tormenta* y le dio unas palmaditas en la frente. El caballo asintió con la cabeza como si entendiera lo que estaba pasando y resopló.

Tom examinó el espejo bajo la luz del sol y admiró el brillo claro y helado de sus piedras.

—No es la primera vez que veo este tipo de piedras —le dijo al tendero—. Despiden una luz de lo más... inusual.

El tendero hinchó el pecho con orgullo.

—Son diamantes de la mina que hay en las afueras del pueblo —anunció señalando una calle que daba a la llanura—. Éste es el único lugar de Gwildor donde puedes encontrarlos.

Tom notó un hormigueo de emoción e intercambió una mirada con Elena.

—¡La Fiera tiene que estar en la mina! —susurró.

—Sí —contestó Elena—. El mapa tenía razón: la Fiera y la recompensa están muy cerca.

—Gracias por su ayuda —le dijo Tom al tendero. Desató la alforja de la montura de *Tormenta* y se la echó por encima del hombro, pasando el otro brazo por las tiras de su escudo. Después le acarició la nariz al caballo para despedirse de él—. Volveré pronto, *Tormenta* —prometió.

Con Elena y *Plata* a su lado, Tom se alejó por la calle en la dirección que había indicado el tendero.

—Si tenemos que bajar a una mina, no podría llevar a *Tormenta* con nosotros de todas formas —dijo—. Probablemente esté mejor con el tendero.

—Espero que sí. —Elena parecía preocupada—. Ojalá no hubiéramos tenido que hacer ese trato con él.

—No nos quedaba otra alternativa —le aseguró Tom—. Volveremos a recogerlo en cuanto terminemos esta parte de la Búsqueda.

Volvió a mirar el espejo antes de meterlo en la alforja.

—No tengo ni idea de cómo nos puede ayudar esto a vencer a *Trema* —dijo.

De momento lo guardaría con el resto de las recompensas de Freya que había recuperado hasta entonces: la perla, el anillo, la báscula y los guantes.

Los dos amigos dejaron el pueblo atrás y se dirigieron a la llanura. No habían avanzado mucho cuando Tom vio algo que se asomaba entre la hierba.

—¡Por ahí! —dijo.

Al acercarse, vieron una trampilla de madera desvencijada que cubría un agujero en el suelo. La brisa hacía que crujiera débilmente. *Plata* olisqueó una de las maderas y soltó un aullido.

—Ésta debe de ser la entrada a la mina —dijo Tom.

Elena miró alrededor con dudas.

—Parece que nadie la ha usado en años.

—No me sorprende —contestó el chico—. Seguro que ya han minado toda la zona y han vaciado la tierra que hay bajo nuestros pies.

Elena miró alarmada.

—*Plata*, aléjate de... —empezó a decir.

Un fuerte estruendo que llegaba de

debajo de la tierra la interrumpió. Tom notó que el suelo se movía mientras el ruido se hacía cada vez más fuerte. Le dio miedo.

—¿Qué está pasando? —preguntó Elena.

Una inmensa explosión hizo saltar la

trampilla por los aires con una lluvia de tierra y piedras que salió disparada hacia arriba y después cayó al suelo. ¡Desde las profundidades de la tierra apareció un monstruo gigantesco! Le caían unas babas por la tripa que brillaban con un tono verde bajo la luz de unas joyas dispuestas en fila sobre su cabeza. La Fiera clavó la mirada de sus ojos ardientes en Tom con un brillo amenazador. Tenía un cuerpo largo y baboso protegido por un caparazón azul brillante, como si fuera una armadura. De cada lado del cuerpo le salían numerosos pares de patas finas que terminaban en garras afiladas.

—*Trema* —exclamó Tom—. ¡La Fiera!

Mientras Tom la observaba paralizado por el miedo, *Trema* abrió su mandíbula revelando varias filas de dientes afilados. Soltó un rugido. Arqueó la espalda y acercó la boca abierta a *Plata*.

—¡No! —gritó Elena, intentando avanzar inútilmente entre los montones de tierra y piedras para ayudar a su lobo—. ¡Tom, ayúdalo!

Tom se acercó desenvainando la espada, pero la tierra tembló bajo sus pies, haciendo que cayera al suelo. No podía recuperar el equilibrio. Intentó gatear para llegar a *Plata*, pero no fue lo suficientemente rápido.

La mandíbula de *Trema* agarró a *Plata* por la piel del pescuezo. Levantó al lobo por encima del suelo y *Plata* empezó a mover las patas inútilmente, aullando desesperado.

El monstruo baboso volvió a hundirse en la mina llevándose a *Plata* con él. El agujero se colapsó detrás de ellos y se empezó a llenar de tierra hasta que *Trema* y el lobo desaparecieron por completo.

—¡No! —gritó Elena—. ¡*Plata*! —Se

acercó hasta donde antes estaba la entrada a la mina y empezó a escarbar en la tierra. Pero el túnel se había colapsado y no había manera de seguir a su fiel animal.

Miró hacia arriba. Tenía la cara manchada de tierra.

—¡Tom, tenemos que hacer algo!

CAPÍTULO SEIS

BAJO TIERRA

Tom cogió la alforja del lugar donde se había caído al suelo. Empezó a buscar el espejo frenéticamente.

—¿Crees que la recompensa de Freya va a ayudarnos? —preguntó Elena.

—Espero que sí —dijo Tom—. Nos la enviaron por alguna razón. Es nuestra única esperanza si queremos rescatar a *Plata*.

Al sacar el espejo de la bolsa, éste brilló bajo la luz del sol. Tom se protegió los ojos del intenso brillo de los diamantes.

—¡Eso es! —exclamó

—¿El qué? —preguntó Elena—. ¿Cómo va a salvar eso a *Plata*?

—Mira —le dijo Tom.

Observó la posición del sol e inclinó el espejo para que la luz de los diamantes se reflejara en la tierra donde había desaparecido la Fiera. Cuando el rayo de luz dio en el suelo, empezó a aparecer un túnel. La tierra se quemaba y se desplazaba, dejando un agujero en el suelo.

—¡Sí! —gritó Tom—. ¡Funciona! —Bajó el espejo, se acercó al borde del agujero y se asomó en la oscuridad. El agujero era tan profundo que no podía ver el final. En el lugar donde se había hecho el agujero salía humo, revelando trozos de roca incrustados en la tierra.

—¡Tom, qué listo eres! —dijo Elena mientras se acercaba a él—. A mí nunca se me habría ocurrido.

Su amigo le ofreció una sonrisa esperanzadora.

—Pronto recuperaremos a *Plata* —prometió—. ¿Puedes meterte ahí dentro? No sabemos lo profundo que es.

Elena asintió firmemente.

—Haré lo que sea necesario.

Tom cogió su espada y el escudo, y se echó la alforja al hombro, metiendo antes el espejo. Después, él y Elena se quedaron mirando la apertura del túnel.

—Yo iré primero —dijo intentando no pensar en lo profundo que podía ser o lo que estaría esperándolos en el fondo—. ¡Uno, dos y tres! —Pegó los brazos al cuerpo y saltó a la oscuridad.

A medida que descendía, a Tom le daba la sensación de no pesar nada. Le pareció que pasaba mucho tiempo hasta que aterrizó con fuerza sobre un montón de tierra blanda, que amortiguó su caída. Por encima de su cabeza se veía la abertura del agujero, con un círculo de cielo azul.

Rápidamente, Tom se echó a un lado, apartándose del camino para que Elena pudiera aterrizar junto a él. Ambos se pusieron de pie y se sacudieron la tierra de la ropa. Tom flexionó los brazos y las piernas, y se palpó el cuerpo para comprobar que no estaba herido.

—Estoy bien —le comentó a Elena—. ¿Y tú?

La muchacha también estaba comprobando que no se había hecho daño. Después asintió.

—Yo también. Vamos a...

Se interrumpió al oír el sonido apagado de un aullido que hacía eco en el largo túnel.

—¡Es *Plata*! —exclamó—. ¡Tenemos que darnos prisa!

Tom cogió la espada y sujetó el escudo por delante para protegerse, a él y a Elena, de cualquier ataque inesperado mientras avanzaban por el túnel. Las paredes eran suaves y de vez en cuando tenía manchas de las babas del cuerpo de *Trema*. Unas grietas en el techo del túnel dejaban pasar finos haces de la luz del sol.

—*Trema* debió de hacer esas grietas al abrirse paso por la tierra —dijo Tom.

—A nosotros nos viene muy bien —asintió Elena—. ¡Si no, estaríamos ciegos como topos!

Guiados por la distante luz del sol, los dos amigos siguieron avanzando cautelosamente por el túnel.

—Ahora entiendo por qué las vacas no estaban asustadas por la Fiera —dijo Tom al cabo de un rato—. *Trema* vive en las profundidades de la tierra y ni siquiera saben que está aquí

Elena asintió temblando.

—No me gusta nada este sitio. ¡Mira esos huesos!

El chico miró donde su amiga había señalado y vio esqueletos de ratas incrustados en las paredes del túnel. Otro montón de huesos blancos yacían en el suelo cerca de la pared. Había dientes esparcidos por el suelo, y entre los huesos, vieron una cadena plateada con unas pequeñas calaveras.

—Seguro que ésa fue otra de las víctimas de *Trema* —dijo Tom—. Esos huesos parecen humanos. —Tembló al pensarlo y añadió—: Creo que la Fiera les chupa la carne de los huesos a sus víctimas.

—¡Oh, *Plata*! —dijo Elena con un temblor en la voz—. Espero que lleguemos a tiempo para salvarte.

Otro aullido al final del túnel les decía que el lobo seguía con vida. A pesar de la escasa visibilidad, Tom y Elena empezaron a correr.

Pronto salieron del túnel para meterse en una gran gruta que se abría en uno de los viejos pozos de la mina. Las paredes eran ásperas, de roca gris, y en algunos lugares brillaba el agua que goteaba por ellas. La luz se colaba por las grietas de la tierra por encima de sus cabezas.

En el centro de la cueva, estaba *Trema* dando vueltas alrededor de *Plata*. El lobo intentaba desesperadamente liberarse de las babas que le salían a la Fiera por la tripa. Mientras Tom observaba, *Trema* le lanzó unas babas al lobo y lo envolvió con ellas. Los músculos de *Trema* se flexionaban a medida que se acercaba a *Plata*, echando más babas que palpitaban bajo la luz verde de las joyas que tenía en la cabeza.

—Mira esas babas verdes y brillantes —exclamó Tom—. Ése debe de ser el maleficio de Velmal para controlar a la Fiera. Hasta ahora, el color verde nos ha indicado el punto débil de cada Fiera. Si consigo destruir las babas, podré liberar a *Trema* de su maleficio.

Plata rugía y cerraba las mandíbulas desafiante, pero tenía las patas pegadas al suelo de la cueva y no podía acercarse lo suficiente para morder a la Fiera.

Trema abrió la boca, revelando sus dientes afilados. En su cara pareció dibujarse una sonrisa maléfica al ver al lobo pegado al suelo. Levantó el cuerpo. Parecía que estaba a punto de lanzarse a devorar a su víctima.

—¡Tom! —gritó Elena—. No hay tiempo que perder. ¡Tenemos que rescatar a *Plata*!

CAPÍTULO SIETE

LA GUARIDA
DE *TREMA*

Elena se quitó el arco que llevaba colgado al hombro y sacó una flecha del carcaj.

El lobo luchaba por liberarse de las babas, pero estaba completamente atrapado: las babas eran como pegamento. *Plata* no podía alejarse de la Fiera, pero gruñía y mostraba los dientes mientras *Trema* se alzaba sobre él.

Tom dejó caer la alforja al suelo, levantó la espada y salió disparado por la cueva. Mientras corría, las flechas de Elena atravesaban el aire a su lado y rebotaban en el caparazón de *Trema*. La Fiera movió la cabeza adelante y atrás y se volvió para enfrentarse a Elena. Tom pasó a su lado sin que lo viera.

«¡Buen trabajo, Elena! —pensó Tom—. Mantenla distraída.»

Tom saltó por encima de la cola de *Trema* y se acercó a *Plata*, con cuidado de no quedarse atrapado entre las babas.

—Tranquilo, muchacho —murmuró—. Pronto te sacaremos de aquí.

Plata lanzó un aullido de bienvenida mientras Tom se acercaba y cortaba con la espada las babas verdes que tenía el lobo bajo las patas. El lobo tomó un gran impulso y consiguió liberarse.

—¡Muy bien! ¡*Plata*, ven aquí! —gritó Elena.

Mientras *Plata* corría hacia ella, *Trema*

vio que el lobo se había liberado. Dio media vuelta y al ver a Tom soltó un gran rugido de rabia. Las babas le caían entre las filas de dientes afilados.

—¡Venga! ¡Lucha! —gritó Tom.

El chico dio un paso adelante y blandió la espada hacia *Trema*. Pero a pesar de su cuerpo largo y aparatoso, la Fiera era muy rápida y consiguió apartarse del camino antes de que éste pudiera clavarle su arma. Tom la siguió, pero le resultaba difícil acercarse sin caer atrapado en las babas que expulsaba la Fiera y que lo dejarían paralizado.

Trema retrocedió amenazando a Tom con cuatro de sus patas delanteras. Éste se puso el escudo por delante para protegerse y las garras arañaron la superficie. El golpe le sacudió su mano herida haciendo que soltara un grito de dolor. Apenas podía mantener el escudo en alto.

Entonces, una de las patas de *Trema* se metió por detrás del escudo y cogió a Tom por el tobillo. Su tacto era frío y pegajoso. El chico gritó alarmado cuando la Fiera lo levantó en el aire y se quedó colgando boca abajo. Entonces, con un movimiento rápido, la Fiera lo puso de pie.

Tom se retorcía en la garra de la Fiera mientras intentaba blandir la espada, pero el filo rebotaba inútilmente en el caparazón azul brillante. La cabeza de

Trema estaba por encima, con la boca abierta, listo para devorarlo. A Tom le latía el corazón con fuerza del miedo. «¿Será éste el final de mi Búsqueda?»

—¡Tom! —gritó Elena mientras se-

guía disparando flechas a la Fiera, pero éstas rebotaban y caían al suelo. *Plata* dio un salto hacia delante, ladrando desafiante, pero no podía llegar hasta Tom porque una piscina de babas rodeaba a *Trema*.

Desesperadamente, el muchacho giró la cabeza y clavó los dientes en la pata de *Trema*. Tembló al oír el crujido del caparazón de la Fiera al abrirse.

Trema emitió un grito agudo y dejó caer a Tom, que tuvo que poner las manos delante para protegerse. Cayó en el suelo de la cueva con un fuerte ruido y su mano herida chocó con la piedra.

Reprimió un grito de dolor y se tambaleó para ponerse de pie. *Trema* se había tumbado en el suelo y movía su pata herida. Pero Tom sabía que no permanecería así mucho tiempo. Una herida tan pequeña no detendría a una Fiera tan poderosa.

—¡Tom! —llamó Elena disparando otra flecha con su arco—. El caparazón de *Trema* es demasiado grueso. Tu espada y mis flechas no pueden atravesarlo. Tenemos que pensar en otra cosa.

«¡Las babas! —pensó el chico—. Ésa tiene que ser la clave para vencer a *Trema*. Pero ¿cómo?»

Movió el escudo cuando *Trema* volvió a avanzar hacia él, estirando las patas. Tom miró a su alrededor mientras se protegía de las garras afiladas. No conseguía encontrar nada en la cueva que lo pudiera ayudar a luchar contra la Fiera. Desesperado, rebuscó en su alforja y sacó el espejo y lo puso en ángulo para que el reflejo de la luz iluminara la cueva de un lado a otro. «¡Esto tiene que servir de algo! —pensó—. Si no, ¿para qué me lo han dado?»

De pronto, una fina columna de humo empezó a elevarse en el aire. Tom se asomó y vio que se estaba quemando un lugar de la cueva por el reflejo de la luz del espejo. La pared de piedra se desmoronó en el suelo, revelando una zona de color blanco como la nieve. Los cristales brillaban bajo la débil luz. Tom acercó una mano con mucho cuidado a la superficie de la pared blanca y brillante. Después se llevó los dedos a la boca y lo probó...

—¡Es sal! —exclamó.

Mientras las patas de *Trema* golpeaban el escudo, a Tom se le ocurrió un plan.

—Si consigo atraer a *Trema* hasta la pared, la sal podría secar sus babas —le dijo a Elena.

—¡Puede funcionar! —gritó su amiga—. ¡Tenemos que intentarlo!

«Sí, puede funcionar —pensó Tom a pesar de sentir un escalofrío de miedo—. Pero la única manera de atraer a *Trema* es ponerme de cebo.»

CAPÍTULO OCHO

¡ENTERRADOS VIVOS!

—¡Mientras la sangre corra por mis venas, arriesgaré todo hasta vencer a esta Fiera! —gritó.

Tom retrocedió rápidamente hacia la pared de la cueva y pegó la espalda contra la pared. Sintió los cristales de sal que le arañaban la piel. Después, se preparó para hacer algo que nunca había hecho antes en ninguna de sus Búsquedas de Fieras anteriores. Tiró la espada al suelo.

—¡Tom! ¡¿Qué haces?! —gritó Elena cuando el filo del arma resonó en el suelo de piedra.

Él no contestó. Se quedó esperando a *Trema*, desarmado, sin nada con que defenderse. El corazón le latía con fuerza, pero mantuvo la cabeza en alto y miró desafiante a la Fiera.

En la boca de *Trema* se dibujó una sonrisa diabólica. De su tripa salían más babas que antes, y la fila de joyas verdes que tenía en la cabeza brillaba intensamente. Se lanzó por el suelo de la caverna en dirección a Tom. Cada vez más rápido.

El chico puso el escudo por delante. Al verlo, *Trema* lanzó un rugido de victoria. «Cree que mi escudo no vale para nada», pensó Tom, y esperó a que se acercara *Trema* con los músculos en tensión.

Trema se abalanzó hacia él con las patas estiradas y la boca abierta. Tom intentó echarse a un lado, pero le resbaló el pie con las babas de *Trema* y se cayó sobre una rodilla.

—¡Tom , no! —gritó Elena. *Plata* lanzó un aullido de angustia.

«¡Estoy atrapado!», pensó Tom con el corazón a mil por hora mientras *Trema* se alzaba frente a él. Miró hacia arriba y vio un brillo victorioso en los ojos de la Fiera. Cuando *Trema* abrió la boca, Tom sintió una ráfaga de aire apestoso. Se obligó a mantener la mirada fija en los ojos de la Fiera a medida que ésta se acercaba. «Tengo que escapar», se dijo a sí mismo, intentando sacar los brazos de las babas. En el último segundo, consiguió soltarse y pegó un salto para apartarse del camino de la Fiera.

La Fiera se estrelló contra la pared. Los cristales de sal se le clavaron en el cuerpo y se esparcieron por debajo de su cola. *Trema* se había quedado pegado a la pared de sal y el chico lo observaba boquiabierto. La Fiera tenía los ojos desorbitados al sentir que su piel se encogía cada vez más. Echó la cabeza hacia atrás y lanzó un gemido agonizante.

Tom observaba impresionado cómo

Trema se retorcía y se daba golpes. La luz verde de las joyas que tenía en la cabeza empezó a hacerse más débil hasta que las joyas se convirtieron en polvo. La gran Fiera se quedó quieta y, ante la mirada atónita de Tom, empezó a hundirse en la pared de sal. El muchacho gritó al ver cómo se formaba una grieta ancha en la pared y la Fiera desaparecía dentro de ella. La pared de sal volvió a cerrarse sin dejar restos de lo que acababa de suceder. Tom escuchó durante un momento y oyó el ruido que hacía *Trema* al moverse por los túneles subterráneos al otro lado de la pared. Una vez liberada del maleficio de Velmal, la Fiera había vuelto a proteger el mundo subterráneo de Gwildor.

Elena atravesó corriendo la cueva con *Plata* en sus talones. El lobo echó la cabeza hacia atrás y aulló triunfante. El sonido retumbó en la caverna.

—¡Tom, has estado genial! —gritó Elena—. ¡Has sido muy valiente! Pensé que *Trema* iba a matarte.

—Es lo único que se me ocurrió para vencerlo —contestó su amigo.

Elena tenía un brillo en los ojos y una gran sonrisa en la cara.

—Hemos vencido a otra Fiera y tenemos la recompensa de Freya.

—Sí, pero el tendero todavía tiene a *Tormenta* —le recordó Tom— y no podemos devolverle el espejo si queremos completar el resto de nuestra Búsqueda en Gwildor.

—Tenemos que darle otra cosa a cambio del espejo —dijo Elena—, pero ¿qué puede ser?

Tom vio un diamante enorme que brillaba entre los cristales de sal en la pared de la cueva. Cogió la espada y, con la punta, sacó el diamante.

—Esto debería ser suficiente para pagarle por el espejo y recuperar a *Tormenta* —dijo sonriendo.

Recogió la alforja de donde la había dejado en la boca del túnel y metió el diamante dentro. Mientras tanto, Elena se dedicó a recoger las flechas que había disparado.

Justo cuando se dieron la vuelta para regresar por el túnel por donde habían llegado, Tom oyó un ruido que provenía del otro lado y se iba haciendo cada vez más fuerte. Se volvió y vio una nube de polvo que avanzaba por el pasadizo y entró en la cueva ahogándolo y haciendo que le picaran los ojos.

—¡Mira! —exclamó Elena—. ¡El túnel se ha colapsado!

LA CUERDA DORADA

—No te preocupes, saldremos de aquí —dijo Tom. No pensaba permitir que se quedaran atrapados en la cueva. No mientras tuviera una Búsqueda que completar.

Miró al techo de la cueva. ¡Allí! Distinguió un haz de luz que se abría paso por una grieta en la parte más alta. Ladeó el espejo que seguía teniendo en la mano para intentar atrapar la luz del sol.

—Estamos a gran profundidad, Tom —dijo Elena—. Aunque consigas hacer un agujero en el techo con el espejo, nos resultaría imposible trepar hasta allí arriba.

—Encontraremos la manera de hacerlo —dijo él intentando parecer confiado.

Estaban rodeados de unas nubes de polvo, motas que bailaban bajo el fino rayo de luz del sol. Tom oía el ruido del túnel al desmoronarse. Pero no pensaba perder la esperanza. ¡Tenían que encontrar una manera de salir!

Después de mover varias veces el espejo, consiguió atrapar un rayo de luz y reflejarla sobre el techo de la cueva, cerca de la grieta. Alrededor del borde empezó a salir humo y, poco a poco, el agujero se fue haciendo más grande. Tom y Elena saltaron hacia atrás cuando una lluvia de tierra les cayó encima.

Plata se apartó y agitó su pelaje gruñendo suavemente.

La luz del sol entraba por el agujero que había hecho en el techo de la cueva, muy por encima de ellos.

—¿Y ahora cómo vamos a llegar hasta ahí arriba? —preguntó Elena mirando

a su alrededor para encontrar una solución.

En cuanto terminó de decir esas palabras, una cuerda dorada se metió por el agujero y se quedó colgando delante de ellos animándolos a que treparan.

Elena abrió los ojos con admiración.

—¿De dónde ha salido eso?

Tom se acercó, cogió la cuerda con cuidado y pegó un tirón. La cuerda era fuerte y firme. Miró a Elena y murmuró:

—Tenemos que arriesgarnos. Es la única manera de salir. Yo llevaré a *Plata* en los hombros. Ve tú primero y prepárate para recogerlo cuando yo suba.

Elena le acarició el morro a *Plata*.

—No tengas miedo, muchacho. Te veo arriba.

Plata aulló suavemente como respuesta. Elena se echó la alforja y su carcaj con flechas al hombro, se agarró a la cuerda y empezó a subir. Tom observó cómo Elena desaparecía por el agujero del techo. Se sintió mucho más aliviado al ver que su amiga había conseguido ponerse a salvo, pero no pudo evitar preguntarse qué habría encontrado allí afuera. Entonces vio la cabeza de Elena asomada por la apertura.

—¡La cuerda está atada a una roca! —dijo Elena—. Pero no veo a nadie que la haya podido atar ahí.

—¡Ahora voy! —contestó Tom—. Mantente alerta.

Se arrodilló y se puso a *Plata* sobre sus hombros.

—No te muevas —murmuró.

Volvió a incorporarse, con la espalda arqueada por el peso del lobo, y se agarró a la cuerda. Sintió un fuerte dolor en su mano herida al empezar a trepar. Apretó los dientes soltando un grito de agonía. Sabía que era la única manera de salir de allí.

«Pero ¿a quién debemos agradecerle la cuerda?»

El agujero del techo parecía estar muy lejos. Tom subía poco a poco, intentando ignorar el dolor de su mano. *Plata* estaba tumbado sobre sus hombros y Tom sentía su aliento caliente en la oreja.

Gradualmente, el chico consiguió llegar a la superficie. Al asomar la cabeza por el agujero, Elena se agachó y cogió a *Plata*. Tom sintió las patas traseras del lobo que se apoyaban en sus hombros y después el peso desapareció cuando Elena consiguió subirlo.

Por fin, Tom salió por el agujero. Se tiró en el suelo, intentando recuperar la respiración. Unos pinchazos de dolor le recorrían la mano herida.

Mientras estaba tumbado, oyó el retronar de unos cascos de caballo. Levantó la vista y vio que *Tormenta* se acercaba galopando por la llanura y se detenía a su lado, resoplando y pateando la tierra con los cascos.

—¡Debe de haberse escapado del tendero! —exclamó Elena.

Tom se sentó y sonrió.

—A lo mejor no siempre se porta tan bien. Tenemos que quedarnos con el espejo, así que debemos volver al pueblo y darle al tendero el diamante a cambio.

Elena estaba arrodillada a su lado, riéndose mientras *Plata* le lamía la cara. De pronto, sin saber por dónde había

aparecido, Tom vio la empuñadura de una espada que golpeaba a su amiga en la parte de atrás de la cabeza.

—¡Elena! —gritó.

La risa de Elena se convirtió en un grito de agonía. Cayó al suelo boca abajo.

Tom miró hacia arriba. La intensa luz del sol lo cegó durante un momento. Cuando consiguió recuperar la vista, vio a una mujer alta, con el pelo negro, que estaba delante de él y le clavaba su intensa mirada.

—¡Freya! —exclamó Tom.

CAPÍTULO DIEZ

ACERTIJO RESUELTO

Tom se quedó mirando a la compañera de Velmal. Freya sujetaba la cuerda dorada en una mano y, en la otra, la espada con la que había golpeado a Elena. El sol brillaba sobre su armadura. Era una armadura muy parecida a la que Tom y su padre, Taladón, habían usado. ¿Por qué los había ayudado Freya a salir de la cueva para después atacarlos? Tom no lo entendía.

—¿Tú? —soltó. El brujo Aduro y Taladón le habían advertido que no luchara contra Freya, pero Tom estaba tan furioso que no le importaban sus consejos—. ¡¿Cómo te atreves a herir a Elena?! —gritó.

—Esto es entre tú y yo, Tom —declaró Freya—. Nadie más.

El chico miró a Elena. Su amiga yacía en el suelo, inmóvil. *Plata* estaba de pie a su lado, enseñando los dientes y gruñendo.

—Quédate con ella, muchacho —le ordenó.

Tom se incorporó y blandió su espada en el aire. Freya se echó rápidamente hacia un lado y el filo del arma le rozó inútilmente. Freya sonrió, pero al muchacho le dio la sensación de que en su cara había cierta expresión de tristeza. Después ella se preparó para pelear y blandió su brillante espada.

Tom la bloqueó y sintió la fuerza del golpe que le bajaba por el brazo. Inmediatamente, Freya volvió a atacar y blandió de nuevo su arma. Esta vez Tom sólo pudo bloquearla con el escudo. Un momento más tarde tuvo que saltar para evitar el filo de la espada de Freya que cortaba el aire a la altura de sus rodillas.

«Freya es buena peleando —pensó—. ¡Muy buena! ¡Pero yo tengo que ganar esta batalla!»

Estaba furioso. Freya había herido a Elena, justo cuando habían conseguido liberar a *Trema* y salir de la cueva. Quería derrotarla.

Pero le dolía demasiado la mano herida y notaba oleadas de dolor que le subían por todo el brazo. Estaba muy cansado de su batalla con *Trema*. El corazón le latía con fuerza y notaba el sudor que le bajaba por la espalda mientras se abalanzaba una y otra vez hacia Freya.

Freya no parecía estar cansada en absoluto. Se movía ágil y rápidamente mientras Tom intentaba bloquear los golpes de su espada con el escudo. Es lo único que podía hacer para defenderse.

Por fin el chico vio su oportunidad. Dio un paso adelante e hizo un círculo

con la espada en el aire para darle un golpe a Freya en la mano con la que sujetaba su arma. Freya se echó hacia un lado; apoyó el filo de su espada en la de Tom y la giró, haciendo que éste perdiera el equilibrio.

Tom tropezó y cayó. Se quedó boca

arriba sin poder hacer nada y vio que
Freya estaba encima de él, apuntándolo
con la punta de su espada en el corazón.
Tenía los ojos entrecerrados y lo miraba
fijamente.

Tom apretó los dientes, listo para reci-
bir la estocada final.

Pero Freya no se movió. Tom la miró

y vio que en su momento victorioso, tenía lágrimas en los ojos.

Ese momento de duda era justo lo que él necesitaba. Rodó por el suelo y se puso de pie de un salto. Después empujó la espada de Freya con la suya. «¡La pelea no ha terminado!»

Cuando Tom echó la espada hacia atrás, le dio con el filo a Freya en la muñeca, haciéndole un corte superficial del que salieron varias gotas de sangre que cayeron al suelo. Freya gritó de dolor y tiró la espada al suelo para sujetarse la muñeca herida.

Tom retrocedió y bajó la espada. Había ganado justamente, pero no le serviría de nada matar a Freya.

Se agachó para coger la espada de Freya y le cayeron unas gotas de la sangre de su contrincante en su mano herida. Inmediatamente, el dolor desapareció. La mano dejó de estar hinchada y roja.

Las cicatrices que le había dejado *Krab* se empezaron a cerrar y a reducirse hasta desaparecer por completo. Tom miraba boquiabierto sus temblorosos dedos. El veneno de *Krab* se había curado. Su mano volvía a estar en perfecto estado.

En ese mismo momento, oyó el grito de rabia de Velmal que retumbaba en las rocas. Se dio la vuelta, pero no vio al diabólico brujo por ninguna parte.

—¡Ya ves, Velmal! —gritó Tom desafiantemente—. He ganado y mi mano está curada.

Se volvió para mirar a Freya. Ella evitó su mirada y bajó la cabeza hacia el suelo.

—¿Qué significa esto? —preguntó Tom, pero Freya no contestó.

Un gemido desde el suelo hizo que el chico se volviera. Era Elena intentando ponerse de pie mientras se frotaba la cabeza con la mano.

—¡Elena! ¿Estás bien? —preguntó ansioso.

—Creo que sí —contestó Elena mientras se acercaba a su amigo. Después lanzó un grito de sorpresa—. ¡Tom! ¡Tu mano está bien! ¿Cómo ha sido?

Tom movió la cabeza. Seguía sin entender nada y era incapaz de contestar

a esa pregunta. Las palabras del acertijo de Velmal resonaron en su cabeza...

«*Ichor Demater, Demater ichor*...

»Demater... de mater... mater... madre...

»*Mater* significa "madre" en latín —pensó Tom—. El rojo al rojo, y vida a la muerte.»

Tom se volvió hacia Freya esperando que ella lo mirara. Al cabo de un buen rato, Freya levantó la cara y sus miradas se encontraron. Al observarla, Tom consiguió ver por primera vez lo que no había visto hasta ese momento.

«¿Cómo he podido ser tan tonto durante tanto tiempo?»

—¿Qué pasa? —Elena le dio un golpe a Tom en el brazo—. ¿Qué está pasando?

Tom levantó la mano curada y señaló a Freya.

—Ella me ha curado la mano herida

—dijo—. El acertijo de Velmal decía que la sangre de alguien de mi familia me devolvería a la vida...

—¿De tu familia? —La voz de Elena mostraba su sorpresa.

A Tom le daba vueltas la cabeza. Su Búsqueda había dado un gran giro. Y nunca antes en su vida había estado tan seguro de algo.

—Elena —dijo—. ¡Freya es mi madre!

ACOMPAÑA A TOM EN SU
SIGUIENTE AVENTURA
DE *BUSCAFIERAS*

Enfréntate a las Fieras.
Vence a la Magia.

www.buscafieras.es

¡Entra en la web de *Buscafieras*!

Encontrarás información sobre cada uno de los libros,
promociones, animación y las últimas novedades sobre
esta colección.

Fíjate bien en los cromos coleccionables que regalamos
en cada entrega. Cada uno de ellos tiene un código
secreto en el reverso que te permitirá tener acceso
a contenidos exclusivos dentro de la página
web de *Buscafieras*.

¿Ya tienes todos los cromos?
¡Atrévete a coleccionarlos todos!

¡Consigue la camiseta exclusiva de BUSCAFIERAS!

Sólo tienes que rellenar **4 formularios** como los que encontrarás al pie de esta página de **4 títulos distintos** de la colección Buscafieras. Envíanoslos a EDITORIAL PLANETA, S. A., Área Infantil y Juvenil, Departamento de Marketing (BUSCAFIERAS), Avda. Diagonal, 662-664, 6.ª planta, 08034 Barcelona

Promoción válida para las 1.000 primeras cartas recibidas.

Nombre del niño/niña: ....

Dirección: ....

Población:.. Código postal: ....

Teléfono: .... E-mail: ....

Nombre del padre/madre/tutor: ....

☐ Autorizo a mi hijo/hija a participar en esta promoción.

☐ Autorizo a Editorial Planeta, S. A. a enviar información sobre sus libros y/o promociones.

Firma del padre/madre/tutor:

BUSCAFIERAS N° 29 PRUEBA DE COMPRA
